질주

황금알 시인선 206

질주

초판발행일 | 2019년 11월 30일

지은이 | 함국환
펴낸곳 | 도서출판 황금알
펴낸이 | 金永馥
선정위원 | 김영승 · 마종기 · 유안진 · 이수익
주간 | 김영탁
편집실장 | 조경숙
표지디자인 | 칼라박스
주소 | 03088 서울시 종로구 이화장2길 29-3, 104호(동숭동)
전화 | 02)2275-9171
팩스 | 02)2275-9172
이메일 | tibet21@hanmail.net
홈페이지 | http://goldegg21.com
출판등록 | 2003년 03월 26일(제300-2003-230호)

ISBN 979-11-89205-55-3-03810

*이 책은 인천문화재단 예술표현활동 지원사업에 선정되어 그 지원금으로
 제작하였습니다.
*이 도서의 국립중앙도서관 출판예정도서목록(CIP)은 서지정보유통지원시
 스템 홈페이지(http://seoji.nl.go.kr)와 국가자료종합목록 구축시스템
 (http://kolis-net.nl.go.kr)에서 이용하실 수 있습니다. (CIP제어번호 :
 CIP2019047637)

질주

함국환 시집

황금알

때로는 마음을 비우고
때로는 갖지 못할 모든 걸 가지려고
산을 오르며 시를 쓴다.
그러면서 잘 여문 열매를 찾는다.
암봉 정상 아래 운무가 가득하다.
밟을 수 없는 저 구름 위를
주님의 도우심으로
한 걸음 한 걸음 걸으며,
맛있는 구름 위 공기를 마시다 보니
한 권의 시집이 만들어졌다.

나를 낳으신 전대감댁 둘째 딸 어머니와
아버지께 이 책을 바친다.

2019년 가을
함국환

차 례

1부 갯바위 연가

2부 아기물고기

3부 울타리

4부 배달의 나라

1부

갯바위 연가

일몰

붉은 빛 두루마리를 벗어 던진다
펼쳐진 옷으로 덮히는 땅
빼꼼히 제치고 내다보면
초저녁 달이 찡긋 거린다
달은 점차 수박처럼 웃고
오름 많은 지구는 불콰해지고
달이 알몸 드러낼 때
어둠 속으로 빨려 들어가는 마을

빛이 있으라 이를 때
절반은 장막 아래 거하게 되고
막사 안 어두움을 움켜 짜니
동녘 뜰은 나비 가득한 꽃밭
해가 어둠 속에서 나왔다고
후세의 사가들이 기록한다

구름 물감 한 사발 번지지 않았어도
밤과 낮은 이삭의 아들이다.

비둘기낭*

날아오르리. 실개천 물줄기 타고,
베틀에서 내리는 양털 씨실
엉킨 실 엮여 초록 비단이 되어
강물에 몸 푸는 비둘기낭 물줄기
멀리 마을 보며 산실을 찾아
떨리는 몸 급히 숲으로 감추매
찾아 들어간 외길 절벽 아래
하늘길 열린 낭떠러지
산모의 숨소리 촉촉이 누르며
흘러내려 만삭된 몸 적시니
겨드랑이 날개 솟아 거슬러 오른다면
주상절리에 맺힌 눈물 방울들
구름 위에 사뿐히 얹을 수 있을까
모난 바위 겹겹이 강보襁褓를 감싸 안은,

* 비둘기낭 : 포천시 영북면에 있는 폭포로 이내 한탄강으로 흘러 들어간다.

질주

차거운 정월이 해를 밀치고 누워있었다
갈색 풀로 덮인 선단리 개울에
화봉산 등 뒤에서 비집고 나온 보름달
S자를 그리며 휘돌아 치던 옛이야기는
하얗게 반짝이는 얼음 속에서 꿈틀댔다

1976년 여기는 아이들의 낙원
열댓 명의 머루알 같은 눈동자에
대보름달 동글동글 비춰진 순간
벌판에 번지는 보름달의 손길
축복일세 축복일세 쓰다듬는 바람이 불 때
저마다의 소망을 일제히 던져 올렸고
하늘에서 떨어진 불들은 강풍에 업혀
마른 풀 밀치며 먼 곳으로 질주를 했다
지금은 은하수 꿈을 꿀 때
개울둑은 전광판 되어 3분 만에 마을을 밝혔고,

빠른 불을 밟고 뛰며 춤추던 아이들
솜눈이 포근하게 머리에 내려앉았고
서울역 앞 빌딩 사이로 들어오는 빛은

시베리아횡단 열차 꽁무니를 물었다

구름은 동심들을 제 몸처럼 안았고
시속 300km로 달리는 열차 차창
동녘에 어느덧 금강산이 펼쳐졌다
꿈이 이루어졌는지 은빛 철로 옆
자동차는 시속 150km로 서행을 하며
달려가는 열차 향해 손 흔들었다

태극기 곳곳에 펄럭이는 녹둔도공원
선상낚시 즐기는 두만강 하구
내려놨던 마음 올려놓고 연해주를 달렸다
햇볕이 발해 채취 뿌려주는 극동 바닷가
잠시 쉬며 이밥에 김치로 배를 채울 뿐
환승은 노우 식혜는 예스
거기까지 달려가 바이칼호 생각하는 건
상고적에 이주해 지층처럼 쌓인 생체의 DNA
사랑을 안고 여전히 질주를 했다
시베리아에 은하수 뿌려지고 있었다.

풀등*

사막이 사라지리
시퍼런 물들과
그 속의 물고기들과
물고기들의 혼이
바닷물과 합쳐질 것이리
덮어버린 사막에서
춤을 추며 떠다니는 영혼들을
달랠 것이리
조개들이 집에서 뛰쳐나와
짠물을 술처럼 마시며 또
뱉어내며
영혼들의 찌끼를 핥을 것이리

다시금 태양이 지구를 끌어당겨
물들을 빼앗아 가면
물고기들은 혼비백산하고
조개들은 모래 속에 깊이 숨어들 것이리
사막이 다시 일어설 때
부서졌던 몸을 일으켜 세우려

무너진 마음들이 철새처럼 들어서리.

* 풀등 : 옹진군 대이작도 인근에 있는 썰물 때만 보이는 모래섬.

용유도 선녀바위

바닷속으로 태양이 들어가는
인천공항 뒤 용유도,
바다 향해 우뚝 서 있는 바위에
꽃가루처럼 부서지는 바닷물
젖어드는 제 몸을 바람에 말리며
숨어드는 선녀를 더 보려는 바위는
이륙한 비행기를 올려다본다. 더 높이
하늘에 올라 서쪽으로 날아가는
저들은 붉은 바다를 볼 수 없으리라
못 보리라. 물결치는 밤바다를,

비행기가 오를 때면 외기러기 줄어들고
남은 자들은 핏빛 물결에
젖을 뿐이다. 찾은 짝과 날개를 비비던
기러기가 떠나고 남은 자리에서
구웠던 조개들의 냄새를 맡는다. 하얀 거품을
일으키는 바다 끝에 발을 멈추고
바위 옆에 서서 바람을 맞는다
서쪽 멀리 선녀의 산고를 들으며

찬물을 마시는 바위 하나가
바닷냄새 맡으며 기둥처럼 솟아 있다

서쪽 향해 늘어선 승용차 안의 연인들
그들의 눈망울은 평행선을 그었고
들어간 태양이 스르르 스르르
무수한 별들을 낳고 있다
돌아오는 길가마다 오색 별 숲에는
타그득 탁 탁 조개들이 입 벌린다.

해바라기

비린내가 나는 젖꼭지 같은
줄기 옆에 돋는 꽃 몽우리를 떼어 낼 때
해바라기는 천사처럼 웃고 있었다
얼굴이 점차 커지고 있었다
먼저 핀 꽃 하나만을 위해
연둣빛 새순들은 사라져야 했다

웃음이 가득 찬 그 얼굴에는
죽임을 당한 새순들의 눈망울이
총총히 박혀 있다
태양은 눈물에 젖을 새 없이
포근히 저들을 감싸 주고
그들은 통통한 살들을 뽐내며
거룩한 씨앗으로 부활한다

잎사귀 아래 그늘에서는
새순들이 시들고 있다
저 꽃은 땅에서 나는 울음소리를
듣고 있을까

하늘을 보며, 하늘을 보며
살았던 날들을 잊어버리고
빛을 따라가며 웃음 짓는,

그늘진 바닷가에
등대 하나 서 있다.

재인폭포

모나게 깎인 돌들의 이마엔
저마다 혼이 들어 있다지요
겹겹이 쌓여 절벽을 이루며
들어서는 육신들을 에두르는 돌

지나간 삶을 말하려 한다는데
한 마디, 한 마디 다른 소릴 낸다는데
생령生靈의 귓속으론 하나로 모아지죠
한줄기 물들이 신음을 쏟을 때
혼들은 흩어지며 한을 풀어요

눈 속에 맑은 물 넣은 자마다
맺힌 걸 골짜기에 풀어놓고서
빈 가슴, 가슴문門 문고리 열고
그 안에 주상절리 담아 간다는.

지진해일

바다가 꽃처럼 웃고 있다
은빛으로 빛나는 옷을 입고서
허허 소리 없이 시름을 날리고 있다

희락의 이 시간이 오래가기 위해서는
몸의 일부라도 승천하는 것을
끝끝내 잡아 두어야 된다

온몸을 뒤집어 돌리던 바람아
너로 인해 어지럽던 마음까지도
오히려 도열된 인파 같구나

붙들어 맨 파도 그 안에서
춤추는 물고기들 헤아릴 수 없으나
신이 지축을 흔드는 날에
물방울이 사방으로 흩어질 것이니,

별밭

비취 흩뿌려진 바다를 보며
뭉게구름 하얀 얼굴 불콰해질 때까지
해먹*에 누워
작은 섬을 타고 서쪽으로 가려다가
구름 타고 가려다가
노을을 누군가가 내일도
그릴 거라는,

혼들의 도시, 별밭을 보며
바닷가에서는 아무것도 하지 않을 수
없다는 것을,
소나기처럼 물속으로 들어가는
별빛을 보며.

* 해먹 : 그물로 만들어 나무 사이에 걸어놓는 침대.

칡꽃

칙칙폭폭 기차 타고 다니다 보면
길가를 덮으며 자란 칡넝쿨
군데군데 보랏빛 꽃송이 달았던
화창했던 초여름이 지나갔건만
폭폭 찌는 무더위에 한 송이 폈네
누구를 기다리다 늦게 피었나
백 년을 하루같이 살다 길 나선
님이 그리워서 이제 피었네
칙칙폭폭 열차에 올라타는 날
칡꽃칡꽃 사랑이 시작되는 날.

해당화

새색시 저고리 같은 꽃잎에 대면
얼굴에 분홍빛이 물든다지요
서쪽 하늘 가득 향기를 품고
파도를 바라보며 숨을 내쉬는
꽃사슴바닷가 여인

뭇 사람이 가까이 갈 수 없도록
언제나 가시를 둘러야 하는,

알로하오에*

만난 지 오래되어 슬프니 슬프지 않고
바다가 넓어지니 넓지 않더라
만날 날을 정하지 않고 헤어진 나날들
물 위에 아련하다. 그대의 모습이여
하와이의 여왕 되어 노래를 부르럼
알로 하오에! 알로 하오에!
야자수 춤추는 섬으로 갔을까
흰구름 드리울 때 파도가 치면
사랑을 그대에게 바람결에 전하리라
흐르던 눈물이 해풍에 말랐네
노을빛 바다에 통나무 배 나타나면
바다 건너 건너에 노랫소리 찾아가리
알로 하오에! 알로 하오에!

* 알로하오에(Aloha'Oe) : 하와이 민요이며, '나의 사랑을 그대에게'라는
뜻.

갯바위 연가

철 스르르 철 스르르
덮어오는 물속에서 춤추는 모래알
지상과 바다가 만나는 지구 한편에서
불끈 솟은 바위가 젖고 있다
살아온 날들을 물속에 담그며
꿋꿋하게 솟아 바람을 막는다

바다 끝에서 바람 따라 올라온
하얀 뭉게구름 몇 덩이는
서서히 해당화 빛깔을 띠울 테지
하얗던 가슴이 붉어지듯
하늘이 닳아 오르는 서쪽 바닷가
온전히 덮어지는 마음으로
바닷가 돌밭이 발화된다

일제히 빛을 발하는 돌멩이들이
철 스르르 철 스르르
밀려오는 바닷물에 젖어들 때
빛 한 덩이 바다 끝에서 고개를 떨구니

해당화에 앉으려는 나비 한 마리
비단결 꽃잎에 취할 때
꽃 향에 일어서는 보름달이
작은 호수에 비쳐질 때!

칠석날에 발 돌리며

곡식이 여무는 팔월이 오기 전,
일 년에 한 번밖에 허락받지 못한 만남
씨 한 번 받지 못한 별빛 사랑.
해가 지나 이제야 만나게 되었군요
오늘 밤 가기 전에 마음을 나눠요

그대 흘린 눈물이 땅에 내린 후
하늘은 웃음을 머금었지요
길을 적신 눈물이 도랑을 채울 때
아이들도 첨벙첨벙 걸어가며 웃었어요

한 해에 단 하루 만남을 이루고자
열두 달의 자유를 뿌리치고 돌아와
눈물만 흘려, 흘리니 님을 마주 볼
그 시간 얼마 남았나요 이제는
울지 말아요. 내일이 오지 않을 거에요
당신과 멀어지지 않을 거에요

구름 위에 언제나 웃음꽃 만발한 건

우리의 만남을 하늘이 반기는 거
물이 물속에서 반짝이고
별은 별 곁으로 걸어가요
해마다 흘린 우리 눈물로
담쟁이넝쿨이 돌담을 가렸어요

슬피 울던 직녀와 그 앞에 선 견우
울기만 하다가 여명이 다가오니
내년을 기약하며 왔던 길을 돌아가네
아! 돌아가며 다시 눈물 뿌리네
칠석날에 발 돌리며 사랑을 고백한 날.

2부

아기물고기

토르소*

몸을 보며 표정을 읽어보세요
표정을 읽다보면 그 속에
깊숙이 숨어있는 마음이 보일 거에요
싸리나무 울타리로도 휘장으로도
가리지 않았어요. 언제나 당신께
보여줄 수 있어야 하니까요

팔이 어깨부터 필요 없지요
다리는 일부만 있어도 됩니다
어차피 걷지 않을 테니까
내 가슴에 손을 얹어 보세요
다 없어도 심장은 뛰고 있잖아요

그래서 머리를 얹지 말라고 했어요
모든 사람한테 내 마음
들키고 싶진 않아요
팔 다리 얼굴이 없어도
마음을 알아보는 당신
나를 사랑한다는 말을

믿고 싶어요. 그래요
아! 손가락이 없네요
그대의 마음을 느끼고 싶은데요
나는 손과 눈이 없으니
님을 사랑할 순 없군요
당신은 내게로 비를 내려주시는 데요.

＊목, 팔, 다리 등이 없는 동체만의 조각작품.

물 위의 수채화

개울 속이 풀 냄새로 가득하다
물의 길이 재는 하늘은
그윽한 물 향기로 촉촉하다
가마우지는 물결 위에 길을 내며
다가오는 앞날을 똑똑 두드린다
아련한 기억의 물살을 더듬어
부모의 고향을 찾아온 그들

호흡기로 들어온 검은 물의 정체를
알아낼 시간 없이 개천의 날것들은
삶과 이별의 이정표를 세우며
눈물을 개울에 쏟았다고 했다
얼굴이 검게 물들까 백로는
젖은 볼 바람에 말리며 유랑을 시작했고
잉어들은 노을에 눈 적시며 강으로 나갔고
함께 멱 감던 이웃 마을 아이들의 벌거벗는 모습을
구름조차 한 번도 볼 수 없었다고 했다

햇빛이 물 위에 수채화로 아파트를 그리면

베란다 문 열고 자녀에게 들려준 고향 이야기
풀과 물의 향기 되어 강으로 전해졌다
물고기 움직임을 살피던 백로
집 지을 숲이 보이지 않았다
아직 돌아온 것이 아니라고 말하며
팔뚝보다 큰 잉어 헤엄치고 있었다.

아기물고기

부평평야 서운동 너른 들
유리 같은 눈을 수로에 들이댄 순간
물속엔 비상 나팔 울려 퍼지고
일제히 대피하는 일 센티 안팎의 꼬마 병사들

이인일조 두 개 조는 눈 부릅뜨고 수색 중이다
내 나라 내 마을에 누가 왔는가?
먹을거리 빼앗으러?
혹시 이 땅을?
그중 한 병사는 울타리 밖까지 튀어 올라
우리 집에 왜 왔느냐 외쳐 보지만
항변은 허공에만 맴돌다 물속에 가라앉고
병사들은 소리 없는 걸음에도 귀를 세운다

은빛 찬란한 기름물, 농약물을
햇살 안은 갈대가 종일토록 지켜보고
황금옷 갈아입은 수로 옆 풀들이
긴 팔을 적시며 꺼내 주려 하지만
아기들은 이 땅이 천국인 줄 안다

동장군이 이곳을 비켜 가길 바라는
등 굽은 친구가 보이지 않기를
좁은 곳 수십 명의 아기물고기,
활짝 핀 길가의 개나리를 보니
12월 3일, 그 나라는 봄이다.

탄자니아 세렝게티 초원

사자가 양식을 먹으러 온다. 그의 먹이다
갓난아기를 두고
멀어져갈 수밖에 없는
먼발치에서 지켜보던 어미누우
수많은 무리 사이로 무거운 발 옮긴다

암사자에 얼굴을 비빈다
사자는 날카로운 이빨을 빼지 않고
갓난아기를 보살펴 준다
옛적에 잃어버렸던 새끼를 생각하며
사람들에게 빼앗겼을 그때를 떠올리며
갓 태어난 누우를 물지 못한다

잠시 보살펴주던 사자가 떠난 후
검은 등 재칼이 어린 누우에게 다가온다
누우는 재칼이 자기보다 덩치가 작다고
그와 더불어 놀려고 한다
재칼이 고개를 갸웃거리며 물러가고
혼자 된 어린 누우

너른 벌판으로 찾아 나선다
저 먼 곳에 초원을 덮은 검은 점들
점 점 점 커진다. 바람이 분다
그중에 좀 더 다가온 커다란 짐승
아기의 몸을 핥다 준다
이 냄새는 누가 뭐라고 할 수 없는
확실한 내 새끼 냄새

아프리카 전시장에서
안아주었던 아기만 한 사자
곳곳 전쟁터에서 죽어가는 아기들!

들고양이

시각을 당기는 차량들은 알지 못한다
지구 끝까지 달릴 차들도
홈 앞에서 멈출 것이다
저들이 직선으로만 달리는 건
굽었던 허리를 펴기 위함이다

쾌속질주를 하는 동그란 발밑에서
한 생명이 몸을 펼치고 있다
가로등 위에서 그 혼령이 내려다볼 때
마른 밤이 지나면 육신도 사라질 아스팔트 위를
질끈 눈을 감고, 스치며 달렸다
단단한 들판에선 짐승들이 횡단을 하고
길에서는 그들의 몸 위를
꿈을 꾸는 사람들이 질주한다
바닥에 뿌려지는 동백 꽃잎이
비가 그쳤는데도 촉촉하다

하늘이 젖고 있다
사철 내내 도로에는

도로에는
젖은 꽃이 피리라.

감자 구하기

가야겠다. 둥근 세상 어딘가로
간다. 많은 걸 원하지 않으니
감자. 몇 알이면 한 끼는 족하리

한 획 한 획 철자 한 개 한 개
모여서 글자 이뤄지듯
한 알 한 알 캐어내다 보면
흙이 알고 있던 비밀스런 이야기
한 움큼씩 달려 올라오는
이야기의 DNA는 같은 꽃을 피워냈던
인류 공통의 서사시
하늘 아래 종족은 하나였다

한쪽에선 휘청휘청한 벼를 심고
감추인 감자를 심는 반대편
월식 때 보이는 아프리카 둥근 그림자
그 땅에 거하다 배에 가득 탄
한 알에 행복해질 저 난민들
감자 보기 전 터키 해변에 엎어진

아장아장 걷던 둥그런 한 아기!

안락사

기쁨이었어. 이 집에 있다는 것이
네가 있으므로 평안을 누리고
외로움을 이겨 가며
행복을 누릴 수 있었어

하지만 바쁠수록 나를 찾았고
짜증을 낼수록 다가왔어
곁에 있으므로 하루는 18시간이 되었고
스스로 먹을 줄도 치울 줄도
너를 가족으로 삼기엔
한순간뿐이란 걸 알았어

너는 귀소본능이 있다지
사람처럼 스스로 살 수 있어야 해
먹을 걸 얻지 못하면
당분간 누군가는 갖다 줄 거야
네가 지낼 만한 풍성한 자연 속에서
자립심을 키워 보라고

알아듣지 못하고 주님만 찾던
누렁이, 흰둥이, 귀여운 깜순이……
그들의 삶을 위해 열심히 잡는다
먹여 주고, 재워 주고, 열흘만

입양 받지 못하는 개들을 선택해서
무척 평안하겠다 안심을 하며
차라리 죽는 게 낫지 않겠냐고
모든 것을 체념하고 부들처럼 몸을 떨며
갈대 같은 사람들에 끌려나간다
보호협회 운동가들 유기견을 안고 올 때
죄수번호 1234번 2012년 8월 15일 사형을 집행하다
기록을 허공에 분필로 쓴다.

페럴림픽 평창 폐막식

걷지 않는 사람이 달렸다
미끄러지며 평창에서 쭉 쭉
구르고 넘어졌다가 어느새
골인 지점을 통과한 그들 대신
구경하던 사람들이 만세 불렀다

앞을 안 봐도 건반 두드리고
듣지 않아도 선율 휘영청 나부낀다
태평소 울음소리 들으며
의수 화가의 흘겨 쓴 휘장
아리랑 소리처럼 너울거리고
흔들리던 흰 천이 바닥에 떨어지니
불타던 달항아리
거친 불꽃 토해내며 잠자리 든다
어둠 속에서 짜릿한 기타 소리
노랫소리, 가슴으로 파고들며
워 우워 워 아리 아리 한 겹친 한
떨쳤으니 여행을 시작할까
이젠 울지 않을래

보여줄 거다. 달라진 모습*

꽉 채운 폐막식장 관중석
목표 150% 채운 그 안에
그림자 하나 슬며시 걸쳐 둔다.

* 폐막식 때 부른 가수 에일리의 노랫말에서 차용

시계

걸어가는 이 길에는 시계時計가 있다
태양과 달을 차고 다닌다.
사람들은 모두 천하장사다. 아니,
우주의 장사다. 장사들만 모여 사는 지구에는
빛이 있고 어둠이 있다

빛 따라서 한 바퀴를 돌아볼 때
앞서거니 뒤서거니 달도 따라 돈다
빛을 한 번도 따라잡지 못한 인류가
어둠과 빛을 십이 등분하여
집집마다 걸어놓고 감시를 한다
별들도 사람들의 포로가 되어
밤을 밝히려 매달려 있다

시간마다 만나는 시침과 분침은
해와 달을 만나지 못하게 한다
그들이 만나면 필경
사슬을 끊고 달아날 것이다
사람들은 시간 없는 길을 걷다가

굶주리며 혹은 포식하며
천명天命을 앞당길 것이다

2008년 1월, 시계를 찼다
시침과 분침의 사정射程거리 안에
해와 달이 포착되었다
그들은 신이 명하면
섰다가도* 갈 것이다
천운이 시계 속에서
슬며시 웃으며 돌고 있다.

* 성경, 여호수아 서書 10장 인용. 아모리 지역의 다섯 왕들과 히브리민족이
  전쟁할 때에 여호수아의 기도로 태양과 달이 정지상태에 있었음.

손금

어디로 가야 하는가
이 길 따라 걸어가면
걸어가면 어디가 나올 것인가
손바닥 안에 있는 우주에서
인도하는 별을 찾지 못하여
침점을 칠 때가 있다
갈림길을 들여다보면
언젠가는 만나게 된다
끊임없는 갈등 속에서도
힘겨운 삶의 자락을
놓을 수 없을 때
먹구름을 후후 불어내며
이 길을 걷다 보면
걷다 보면 별을 볼 수 있을 것인가
하염없이 펼쳐진 우주에 서면
가장자리는 없다

정해진 길로만
걸어야 하는가

손금의 시작과 끝 사이에서
별빛을
찾고 있는,

비석마을

주인이 자던 곳 잃어버리고
그 시절 삶처럼 산비탈 굴러 굴러
위 아랫집 연결하는 계단이 되고
집을 받쳐주는 축대가 되고
이웃집 나누는 담벼락이 되면서
새로이 정착한 아미동 비석마을

일제강점기 옛 주인들의 못다 한 삶
얹어서 보태서 오래도록 살기를
비탈진 동산마을 굽이굽이 돌던
영혼들이 안부를 물어본다면
내 언제까지 여가 살겠습니까마는
부산항 짠 바람이 땀을 적셔줘 가
버티는 거 아니겠십니꺼
이리 말해야 되나 싶다고
밀물 들어 오던 중
바다에서 튀어 오르던 고등어처럼
한마디 툭 던지고 구부러진 골목으로 뒷모습 감추던
그 아지매 자녀들은 다 서울로 갔는갑다

바람이 지키는 집들이 늘어가도
마을을 고스란히 놔두며
비석에 새겨진 이름들 보살피는 곳

계단을 밟을 때마다
아파 아파 그 사람 죽기 전 통증을
느끼며, 느끼며 걸어간다.

마네킹 챌린지*

그대들에겐 나비처럼 움직일 자유
왜 하나도 없을까요 잉
어따 무희처럼 춤을 추다가 맴시로
엉덩이 씰룩이며 걸어가다가도 말이재
심지어 두 끼를 걸른 가운데
짜장면을 후르르르 쪼옥 철썩
볼따구에 묻히며 허벌나게 먹다가도요
주인의 거시기한 한 마디에
쩝쩝도 못 하고 잽싸게 멈추어야 되는
어따 그대들은 최고의 숨 쉬는 인형이지라
가장 원하는 동작이 뭔지 아요 잉?
굳어 보드랑께요. 롯의 아내처럼 소금기둥이 되든
초가집에 매달린 고드름이 되든 멈춰 보드랑께요
주인이 하고픈 모든 행동을 하다가 말이재
그의 기억을 허공에 멋들어지게 전시하랑께요
가장 행복했던 순간을 꺼내고요 잉
몸짓과 표정을 저 솔찬히 맑은 물에 비춰 보드랑께요
엄머! 누가 NO!라고 할 수 있남요
그대가 멈출 때마다 말이재

전율로 내 다리는 뻘지대 부들이 돼버린당께요
꼬막이 빼꼼 나와서 볼까 사나운께
말을 거시기하는 척이라도 하면 좋겠구만요
해풍이 초속 십미터에서 이십 미터
달 밝은 밤길에도 밤하늘에도요 잉
인도해 주실 님을 위해 설라무네
가끔은 발걸음을 멈추어 보드라고요
카시오페이아 웃고 있는 거 보이지라
저 별도 마네킹놀이를 자주 하는 거 같구먼요

밥숟갈 겁나게 뜨는 사람들에게도
마네킹 챌린지를 가르쳐 줄라요?

* 마네킹 챌린지 : 자유자재로 움직이다가 일시적으로 동시에 멈추어 마네
  킹이 되는 놀이 또는 행위.

3부

울타리

동백꽃

한창 펴 있을 때 있어야 될 시점에
뚝 뚝 우수수 우박 쏟아지듯
차가운 땅으로 떨어졌구나
빠알간 너의 얼굴을 안 보려
애써 고개 돌리며 먼 하늘 올려보면
뭔가를 그릴 듯한 구름 힐끔 지나가고
가끔 먼발치서 까치 우짖는다
님이 오는 소리 들리지 않는 해질녘
떨어진 꽃잎들에서 불꽃이 핀다
상사화 바깥 세상 훔쳐보는 지표 위에
잃은 님 찾으려 스러진 젊은 꽃잎들
숨비소리 따라 지면에 퍼진다.

보름달

해를 바라보는 저 달 속에
지구가 들어있네

세상을 들여놔도
보이는 건 아기들의 얼굴뿐

어머니 품 같은 보름달 안에는
가시넝쿨이 없네

해를 여는 첫 달에 젖내를 흠 흠
구름도 한 모금 마시고 지나가네.

옹이

파묻혀서 가뿐 숨을 몰아쉬고 있다
나뭇결 사이에서 기지개를 켜며
언제든지 뛰쳐나올 태세이다

허공을 가리키는 손가락 같은
가지에 분신을 매달려고
자신을 결박하며 단련했다

널빤지에 생선 비늘 무늬가 가득하다
어머니는 비린내를 즐기셨지만
생선을 굽지 않으셨다

중식시간마다 생선을 먹으며
나이를 하나씩 뒤집어 본다
벗겨도 벗겨도 남아있는 나이테,
나이테가 감싸던 옹이는,

빠진 구멍 속으로
바람이 도둑처럼 들어가곤

이내 사라졌다

툇마루에 빠진 옹이를
슬며시 끼워 넣었던,

사진

어머니 얼굴 볼 때 창이 열린다
사진 속으로 들어간다
삐그덕 두 번째 창 열리면
논으로 둘러싸인 마을에
길 잃은 누런 볏단
세 번째 창 씨이익 열리고
비 내리면 올라가던 왕방산
꾀꼬리버섯, 오이꽃버섯, 버섯찌개 향
가득한 산기슭 마을에서
구멍이 숭 숭 뚫린 보로코 찍는다
보로코 마당에 가득 널다가
속으로 아버지 막걸리 붓고 집을 나선다
어머니 가슴이 뚫린다
가슴을 메우려 채송화 심는다
심고 허리 펴니 얼굴에 핀 꽃
세숫대야 속 얼굴 보며 시를 짓는다

꽃들아! 너희들은 무슨 꽃이니?
나는 귀꽃이야

소리가 아름답게 들려
나는 눈꽃이야
사람이 다 꽃으로 보여
나는 입꽃이야
꾀꼬리 같은 소리를 내지
나는 코꽃이야
향기 그윽한 마을

채송화를 솎아내어 군데군데 꽂는다
꽃이 보이던 세숫대야 물 화단에 붓고
펌프질하여 땅속 기운을 마신다
바람이 부메랑 되어 돌아오면서
창이 닫힌다. 문이 모두 닫혔다
어버이 사진 교차한 곳에 합쳐진 얼굴
얼굴에 채송화꽃 하양노랑주황빨강
긴 굴속으로 포천막걸리 들어간다.

호박

너의 뱃속을 가를 때마다
눈을 감곤 했다
동굴에서 발견한 황금 무더기
아무도 찾지 못했던
보물을 발견하곤 했다

하얀 보석들이 천장에
황금박쥐처럼 매달린,
그곳으로 통하는
가는 핏줄
볏짚 같은 물길 따라
달콤한 햇살이 들어갔다

어영차 어영차
꿀벌이 노란 꽃수술에 다녀간
후부터 너의 모태는 오므라들었고
떨어져 빗물에 섞여 버렸다
피던 자리에서
비집고 나와 들판을 보다가

어느새 꽃수술을 닮아 가기 시작한
뱃속은 금은보화로 가득했다

뱃속을 열 때마다 은화처럼 빛나던
호박씨 무더기
황금비단에 덮인
은화銀貨를 빼내어 뜰에 말리면
처음부터 흰 머리와 동색同色이었다
썰어 낸 동굴의 두터운 살은
여러 날 볕과의 사투를 벌이게 했다

시루 틈새를 막은 어머니
쌀가루 속에 호박고자리를 넣었다
시루떡 하얀 살 속에
가득했던 금빛 꿀들
빛이 든 자리에 은발銀髮은 없었다.

분꽃

해가 산을 넘으면 뜰이 폭발하였네
노랑 파편, 빨강 파편
선혈이 달빛 받아 퍼졌네
밤이면 몇 그루 꽃들이
평상 앞에서 전신을 흩뜨릴 때
논밭에 기운 퍼뜨리고 들어와
우물가에서 발 씻는 엄마, 엄마
심어 놓은 꽃들이 기다리고 있었네
펌프질해준 아이를 보며
밥상 차릴 때 힘이 솟고
손전등이 분꽃을 비출 때
함박 웃음소리 뜰 안을 채웠네.

서천 고룡골 전대감 댁 둘째 딸

찐빵 장수가 군인에게 물었다
고향이 어디예요?
충청남도 서천이에유
아주머니 고향은 어딘감유?
나도 서천이예요
서천에는 천석꾼 전대감 댁이 있는데 아시남유?
여인은 아무 말도 하지 못하고
눈물이 마룻바닥을 튀겼다

독립자금으로 집을 판
중추원의관 전동환 씨 손녀의 손가락은
반죽할 때 툭 툭 불거져 있었다.

친구네 집

초록 꿈이 넘실대는 콩밭 너머
자치기 하던 마당 한쪽에는
서 있었다. 망루처럼 대추나무가
울타리 안에는 난초, 맨드라미 함박 웃음 짓고
빙빙 돌며 춤추는 따스한 햇볕으로
마루보다 안방이 편하던 그 집
젖꼭지 같은
딸기는 뒤란에서 수줍어하고
송글 송글 꿈이 영근 포도나무는
돌담 너머 학교를 바라보았다
"바람아! 바람아! 불어라. 대추야! 대추야! 떨어져라."
바람을 불러왔던 내 노래를 흘리며
어느 때나 마주 보다 내가 교회 갈 땐,
성탄절만 교회 갔던 그 아이
친구는 돌담 옆 수수처럼 영글어 갔다

용규네 집 처마에서 제비노래 들리더니
성탄절이 아니어도 기도를 하고
그가 뿌린 씨앗은 대추나무 꽃처럼

연둣빛 별이 되어 빛나고 있다
대문을 들어서면 여전히 꽃처럼
거기 계신 친구의 어머님,

넘실대던 초록 꿈이 여물지 않은
미류나무 간데없는 건너편 집터에서
회오리바람 된
어머니의 땀 냄새.

중추원의관 전동환

대한제국 사절단으로 일본에 갔었던
치용의 증조부 전동환은 한일 강제병합 후
항일투쟁하여 8년간 옥에 살고
자손들 생각하여 독립운동 않겠노라 풀려나와
하늘에 오르기까지 집행유예 요시찰
서천에서 풍기로 거처를 옮긴 건
소백산 속 독립군 은신처 드나들며
천석꾼의 재산을 심기 위함이라
광복 목전에 하늘에 오르니
기록은 재산처럼 산속으로 들어갔고
자손은 맨발로 바람을 맞았다

중추원의관을 지낸 전동환은 말년에
조용히 여생을 은거하며 지냈다고 서천 군지에 기록되니
생을 마쳐 울타리 밖 잡초 된
칡넝쿨 속 감춰진 독립, 독립운동가들은,

산천

팔이 짧아 산을 안을 수 없어
휘돌아 적시며 흐르던 강물이
벌렸던 양팔을 오므려 보네

사랑이 깊어 떠나지 못하고
발등성이 씻기며 멈춰 있는 호수에
산봉우리 구름 쓰고 들어가 안겼네.

나무도 수풀도 가진 모든 것
품어 줬던 강물에 건넬 수 없더니
흘러가는 뒷모습에 어버이 그려지네.

11월

대한이 소한 집에 놀러 왔었던
1월이 1+1 행사를 하는
양력 동짓달에 문풍지 울었네
울며 문틀 위에서 방바닥까지
직선의 눈물을 떨어뜨렸네

냉골에서 두 손 쳐들지 못하고
웅크렸던 아버지 11월에
찬 바람이 머릿속을 파고들었네

새벽의 찬 공기를 데우지 못하고
누워서 다가올 날 그리던 어머니
한쪽 팔다리 1자로 펴진 11월

북풍은 산을 휘돌지 않고
한 번도 건너뛰지 않은 채
11월에 나뭇잎을 떨어뜨리네
연탄을 쌓아놓고 겨울을 맞다가
신神이 한 달을 더 준다고 하면

뛰어가 2월을 받아 오려네

봄이 한 달 늦게 오면서
품속에 꽃샘바람 두 번 들이쳐도
땅속에서 움이 트는 2월
바람 따라 품으로 어버이 파고들면
가슴팍에 아지랑이 날아오르네.

4부

배달의 나라

온돌방

솔가지 태운 무지갯빛 불볕을
가슴 속으로 들이마시고

뜨거운 양분이 구들장에 퍼질 때
온돌방에 목화솜 이불을 편다

온몸을 지지던 어머니의 기운을
굴뚝으로 하늘에 퍼뜨릴 때

동녘에서 오르는 불길 따라
겨레가 범처럼 일어선다.

궁도弓道

천지를 달리며 예맥각궁* 쏘던
동이족이라 우러러 일컬었으매
가장 높은 봉우리에 태극기
올라갈 때마다 물결치는
고토에 화려했던 무궁화 숨소리
금빛으로 물들인 과녁은
수천 년 백두에서 흘러 적신
밝은 땅에서 건졌나니
후예들이 시위를 당길 때마다
벌판에 뭉쳐 피는 근화
양 가슴에 몽우리 터뜨리는가!

* 예매가궁 : 고구려나 부여, AD 4세기에 농유럽을 흔들던 훈족이 사용한
  활.

타슈켄트 가는 길

오후 5시, 지난 시절을 얼레로 감으며
두 팔 펼쳐 서역으로 날아갔다
아득한 공간 아래로 보이는
동서를 연결했던 타클라마칸 사막
땀 흘리며 달렸을 군마
시간을 마시며 걸었을 낙타들
그들의 비릿하고 묵은 발자국이
날개 아래에서 예닐곱 떠올랐다
꼬리가 구름을 수직으로 가를 때
기체 안으로 흡입된 몽실몽실한 끼니
먹고 나면 어디쯤 도달할까
지나간 모든 걸 품에 안고 가기에는
가늘어진 다리와 얇은 날개
프테라노돈* 타고 하늘 올라 저녁이 되는
서쪽으로 한참을 날아가도
머리 물 들이던 해는 앞에 있었다
하늘에 닿아 능소화빛 얼굴 되면
담장 밖 사랑 잊게 될까? 초승달 뜨면
기억이 살아나는 비행기 안으로

모래 밟았던 발들 움츠리며 스며들고
우즈베키스탄에서 접힐 날개에
양떼구름 꼬물꼬물 매달려 나부꼈다
어두워져 수놓아진 별꽃을 보며
일곱 시간 날갯짓해 도착한 타슈켄트
손목시계는 자정, 벽시계는 저녁 8시

할아버지를 잊지 못하는 까레이스키 3세
숯내로 끌어당긴 여인의 식당 벽에
삽 하나로 일궈낸 논이 걸려 있었다.

* 프테라노돈 : 텍사스에서 발견된 익룡으로 역대 가장 큰 비행동물이다.

16세 단군 위나의 노래

고조선 왕이 된 지 28년에 구환의 제후들을 모이게 하여
삼위일체 천신께 제사 지내고
민족의 특출한 시조와 중시조
환인, 환웅, 치우, 단군왕검도 기억하며
예를 올리고 돌며 춤추며,

산에는 꽃이 있네
산에는 꽃이 있네.
지난해 만 그루 심고
올해도 만 그루 심었네.
봄이 불함산에 오면
꽃은 만발하여 붉고
하느님을 섬겨 태평을 즐기리*

이러한 노래 불렀으니
온 땅에 꽃 피겠네
백두산에 봄이 오면
연해주에도 홍산에도 요동에도
꽃나무 만발하겠네

단군왕검이 하늘 문 열었을
그때처럼 꽃 피겠네.

* 이 시에서의 핵심 노래 부분은 민족의 역사책 환단고기에서 그대로 옮겼
  다.

산토리니 섬 까마리 비치

불가리아는 불 고려, 헝가리는 훈 고려, 발칸반도는
밝은 반도
근처에 밝은 산 박산도 있다던데
아틸라*황제 말발굽 거세던 시대
산들이니 섬 까마리 해변이라고
누군가 이름 지은 것 같아
맨 산들이니 섬의 검은 모래 해변에
하얀 미녀 멱 감고 있어 모래알이 더 까마리

맘마미아 노랫소리 들려오는 물속으로
한족韓族의 총각들 뛰어든다
실크로드 끝을 넘어 달려갔던 아틸라
일행 중 까만 머리 누군가도
이곳에서 짝을 얻었으리
맑은 바닷속으로 청실 이어진다

* 아틸라 : 고대 신라의 왕을 칭했던 '아딜라'와 발음이 흡사한 훈족의 황제.

84

정읍사*

달아 더 높이 돋아서
님 오시는 길 비춰어라
어아어아 강녕히 돌아오세
아 달이 온 길 따라
저 고개를 신발끈 묶고요
마른 길 디뎌 오세

어아어아 강녕히 돌아오세
어디에 짐 풀었는지
나를 두고 어찌 안 오실까
어아어아 구름은 앞서 달리건만
아 달이 온 길 따라
달 따라 더 가까이 아니 오시네.

* 정읍사 원본은 한글로 기록된 가장 오래된 노래이다.

카르데쉬*

지나간 날 어귀에서
살구나무 한 그루 심으려고
시곗바늘 되돌린다

어제의 시들어진 일들을
구름 사이로 스쳐보며
서쪽으로 날아간다

인천에서 이스탄불은 5185마일
열한 시간 날아간 투르크의 땅
여섯 시간 되돌려진 아시아 끝에
몽고반점이 있는 꼬레의 카르데쉬

되찾은 시간 앞에는
돌궐족이 모여 심은 나무들
일천 수백 년을 거슬러 돌아가면
형제들의 왕국 고구려 옷깃이 보인다

제트 엔진에 힘을 가해

가버린 시간 한 움큼 찾을 수 있는 날
떨어지는 해를 잡으려
주름이 짙어지는 서녘으로 날아간다
이스탄불은 시작이었다.

* 카르데쉬 : 제2돌궐제국을 세울 때 고구려 유민의 큰 도움을 받았으므로
  그 후손들은 한국인을 형제 나라로 생각한다.

파묵칼레*

이제 따뜻한 겨울을 보낼 수 있더래
저기 목화밭이 있으니까
시베리아에서 오길 잘했지
고향은 너무 추웠잖아
이주할 때 고려인들이
많이 오진 못 했지만
이곳을 그들 식으로 이름 지어봐
그러면 친구들이 오래 기억될 거야
돌궐제국 세울 때 큰 힘이 되었잖아
그들은 우리의 카르데쉬

여기 흐르는 물은 정말 따뜻하군
싸우다가 지치면 목욕하러 오자구
이 하얀 빛을 보아
사람들 마음 아니던가
파란 물에 몸을 담가 봐
아기들 마음이 저리 맑았잖아
이제 싸움이 끝났나
찾아와서 풍욕을 해 봐

파묵칼레, 봐 목화래
목화솜처럼 따뜻해지더래.

* 터키인(돌궐족)들이 진출하면서 목화의성이라는 뜻인 파묵칼레로 불린다.

첨성대

별밭 언저리에 원두막을 짓고
서리하는 자를 없게 하라
별을 따는 자 보이거든
달을 한입 물게 하고
또 보이거든
다시 달을 한입 주어
달이 점점 작아지더라도
열매들을 잘 지키어라

가끔 밭에 들어가
열매를 계수하라
추수하는 날이 이르면
잘 여문 별들은
더욱 빛을 발할지매

동방에서 가장 먼저 택하여
별밭 관리권을 너희에게 주노니
더 밝은 빛으로
후손에게 비취도록

원두막을 지어라
너희 심성 같은
어머니의 몸 같은
첨성대를 지어라.

다보탑

사면에서 계단을 걸어 오른 사람들
네 귀에 돌기둥이 동서남북의 힘을
머리까지 끌어올렸던 땅에서 솟아난 정기
AD 751년부터 견우 마주 보며
옳다고 옳다고 외치던 소리를 담아가려
결국에 팔방의 기운이 몰려들던 때
솟아있는 피뢰침으로
우레를 갈라 따돌렸거늘
동녘에서 달려드는 해풍에 잠들어
속 내어 생체를 보였었구나

몽중에도 겨레를 생각하더니
방방곡곡에 동그란 주춧돌 되어
때론 흙 속에 묻히는 탑의 발등상
누구나 한 번쯤 누워 후우 후 불어보았을
저 넓은 하늘을 움직이는 구름
하늘에 닿지 않고 10.4미터에
아름다움이 멈춘 꽃 한 송이
눈으로 계단 밟으며 한 걸음씩

우주로 올라가 퍼지는 별들을 위해
이 땅에 깨어 탑을 쌓았었구나

주머니 비우며 하늘에 탑 이루는
종소리 따라 걷는 사람들 가슴 속
불씨들 한층 한층 그늘을 밝히겠구나.

발해일몰

굽은 칼날을 높이 휘두른 건
다시는 보내기 싫었던 거에요
발해만 수평선에 번지던 선혈이
괭이갈매기 날개를 적셔요
젖은 깃털 하나 둘 떨어질 때마다
모래알 둘 셋 날아오르고
짱뚱어도 날아 고등어도 날아
간도의 짚신도 날아올랐던 날
그날도 하루가 끝났었나요
아니죠, 그때는 아침을 부르는 시간
이백구십구 해* 곁에 있었던
왕버들 스러질 때 바람이 불었지만
그 날로 떠나려는 당신을 어떻게
보낼 수 있나요, 곧 하늘 저편부터
눈물이 우박 되어 떨어질 거에요
연해주로 흘러간 녹둔도의
조간대 개펄은 녹아 흐르겠죠

바위섬에서 날아오르는 갈매기

아랫배에 해당화 꽃잎 물들고
벌판에 먼지를 퍼뜨리며 달려간
아무르 강가에 아기 울음소리.

* 이백구십구 해 : 발해의 존속기간.

조우관*

발해 황후 무덤에서 조우관 금관장식이 나오고
고구려의 핏줄은 백두대간 타고 남으로 흐르는데
황후는 중국령에서 잠을 잔다

동방의 등불은 하루 식량을 채우고
반딧불이처럼
부딪히는 물결처럼 사라진,
발해 이후 흘러 흘러
망국의 천 년을 채울 것인가

열강 틈새에서 부서지는 바람을 모아
작은 회오리로 깃털을 모아 고춧대처럼 세운
날아다니는 주몽의 씨앗들.

* 조우관 : 새의 날개 이미지를 형상화한 한민족 전통의 관모.

동녘 깃발

호랑이가 팔 뻗으면 닿는 곳에 독도야
사십 년 잠을 잘 땐 꿈속에만 있었구나
태고부터 품어주었던 아기 같은 섬 두 개

자식을 돌보려고 찾아선 부모 발길
이따금 동풍들이 자른 파도 일으키나
소나무 당당도 하니 영락없는 내 혈육

상고부터 극동의 모든 땅 단군의 것
어찌하여 열도라고 굴복치 않았으랴
동녘의 푸른 바다에 나부끼는 태극기.

명성산 억새

명성산은 바람을 끌어안고
바람은 구름을 결박하여
종일토록 떨어지는 눈물의 양만큼
자라난 풀은
산비탈 너른 분지에서
화전민의 삶만큼이나
억세게 자라고 있다

둥글둥글 살아가려 감자를 심고
시원시원 살아가려 무를 심었을
그 사람이 머물던 빈자리에서
고달픈 춤을 추던 그가 그리워
억새는 지금도 춤추고 있다

개성에서 불어온 젊은 바람이
궁예를 밀치고 세상을 얻을 때
명성산은 곡성을 끌어안고
바람은 눈물을 끌어모아
태봉국이 흘렸던 눈물의 양만큼

자라난 풀은
삼각봉 기슭에서
궁예의 삶만큼이나
억세게 자라고 있다

눈물짓던 장부도 이산 어디에서
막걸리 두어 잔에 춤을 추었을
황제가 울었던 자리에서
망국의 춤을 추던 그가 그리워
억새는 손짓하며 거기 서 있다
명성산은 곡성을 끌어안고.

삼부연폭포

폭포가 삼단으로 꺾여 내립니다
자귀나무 앞에선 왕건이 말했다

한번 꺾임은 서라벌이요
두 번 꺾임은 견훤이요
세 번 꺾임은 만백성이다
용이 하늘로 치솟고 있구나
물줄기 훑어 올리던 궁예가 답했다

궁예가 명성산으로 올라가고 있을 때

관리들의 충심이 한 번이요
백성들의 희망이 두 번이니
하늘에 뇌성이 들리는구나
지나던 노인이 왕건에게 말했다

명성산 궁예 침전바위에서 보이는
기름진 태봉 땅은 잔잔하였다
동쪽의 성벽길 도마치봉으로

땀을 내며 달릴 걸 알지 못할 때
억새가 서풍에 스러지고 있었다
저기 저기 자귀꽃 피고 있었다

철조망 사이에 낀 태봉국 도성으로
만년설을 이루려는 바람 아래
맑은 물 마시는 들꽃이 피고,

대마도 고려꿩*

해야 해야 섬들에 무궁화꽃 피워라
버려진 섬 개간에 손 빠른 밝은 해야
개경에 찾아와서 넙죽 절을 하던 섬에
농사법을 가르치고 근화동산 만들어라

대마도야 언제부터 햇빛 돌아앉았느냐
임진년 남풍으로 병자년 북풍으로
쇠약해진 호랑이가 안아주지 못했구나
지척인 고향 찾아 고려꿩 날아와라.

* 대마도에는 일본에 없고 한국에만 있는 고려꿩과 삵이 천연기념물로 지정
  되어있다.

국도 3호선

휴전선은 남북을 나뉘며 동해로 떨어지고
3호선은 동서를 가르며 북으로 치달린다
미조리 시점에서 시동을 걸면
압록강 가 초산까지 달릴 수 있건만
잠시 쉬라 하며 닫혀진 DMZ는
몇 년 후에 열릴 것인가
여보시오 남해의 청정수 함 보시구려
그 순간 60년 전 압록강 물 한 모금
바닷물 한 차와 바꾸어 보시구려
백마고지 두루미에 편지를 묶고
철원에서 되돌아 내려오던 물차가
미조리서 싣고 온 그 맑은 사랑
한탄강에 쏟아 붓고 하늘을 보며
남풍에 산을 넘는 구름을 볼 때
남해에서 초산까지 달려갈 용사들이
국도 3번 도로 시점에 또 서 있다
하늘에서 재두루미 헤엄을 친다.

자유법조단

열도를 사랑하고
모국을 사랑하고
국가의 앞날을 염려한다
약자에 힘이 되면 부강할지니
비둘기를 사랑하는 우리는
억울한 자에게 손 내밀어요

이웃의 독립운동에 경의를 표하며
조선을 찾던 후세 다츠지
치안유지법은 강자만을 위한 것
배척하다 변호사란 날개를 잃고
대 이은 치안유지법 위반으로
옥사한 아들 후세 모리오
약자를 위해 날갯짓 하다
아들을 변호할 권리를 잃은
자유법조단을 시작한 후세 다츠지

그대로 거기 있어야 하리
온 땅을 적시며 굽이쳐 흐르는

낙동강은 언제나 부산 뜰을 적신다
부산 땅에 전범기 보이지 않도록
패전일본 헌법 9조*는 세계평화의 첫발
그는 먼저 갔어도 단원들이여
헌법 9조의 깃발을
동경 타워에 꽂아라.

* 일본헌법 9조는 다음과 같이 되어 있다.
  1항. 일본 국민은 …… 무력의 행사가 국제 분쟁을 해결하는 수단으로서는
  영구히 이를 포기한다.
  2항. …… 육해공군과 그 밖의 전력을 보유하지 않는다. 국가의 교전권은
  인정하지 않는다.

Bubblejet[*]

버블거리는 물들이
어디로 갈 것인가
어디로 갈 터인가
거품 한 바가지가 한 명씩 떠받들고 가는구나
물고기처럼 술래잡기하던 백령도 남쪽에서
사내들의 꿈이 힘찬 버블이 되어
로켓처럼 치솟다가 평택을 바라보며 사라진
단기 4343年, 서기 2010年 3月 26日 21時 22分,

포천에서 강화도, D.M.Z 남쪽은
굽이 갈라진 가축에게 험한 세상 눈 가리라 내리는
신神의 가호加護
사람은 묻히지 않아도 천국에 간다
60년 동안 화약 냄새 가시지 않은 땅에 살던
46명 싸울아비들은 울다가 웃으며 천사들을 따라갔다

구제역 비상이 걸린 한반도에서
샴페인 뚜껑도 천장에 닿았을
파티가 열리고

쏟아지는 불꽃 속에서
살처분殺處分 당한 영혼들이
구름 같은 숨을 쉰다.

* 버블제트 : 어뢰나 기뢰가 함정 아래에서 수중 폭발할 때, 일어나는 현상.

압록강

얼려진 산과 들에서 발걸음 옮긴다
해와 별은 대동강변에 떴고
산 너머 골짜기엔 스며들지 않는 빛
겨울엔 늘 펼쳐진 은빛 들에서
갈색 옥수숫대 눈빛이 반짝였다
살고 싶은 땅은 탯줄 묻은 곳
한 끼를 덜 먹어도 한 삽을 더 떠도
떠나지 않겠다던 이웃들
강물에 쓸려가는 나뭇잎 되어
저만치 가면서 어깨를 움츠렸다

두 발짝씩 걸어가다 철조망에 부딪혀
다가가지 못하는 정월 대보름날
달 속에 비친 어머니 얼굴 보며
꽁꽁 언 압록강 얼음을 찍을
지팡이 다듬는 날 찬바람 돈다.

삼일빌딩

전쟁이 지나간 한반도 복판
폐허와 가난 속에서 벗어나고자
청계천 개울에서 손을 씻고
민족의 가슴들 몸부림치며
어둠 가운데 일으켜 세웠다

별빛 모은 돛 높이 달고부터
밝아지기 시작한 함선 서울
대양으로 뻗어 나갈 대한민국
삼십일 층을 한층 한층 세워보며
자부심이 생기던 1970년.

백두대간

동방에 힘을 뻗치던 백두산
대간의 중앙을 막아 놓았으매
그 기운이 남으로 치닫지 못하고
허리춤 위에서만 칠십 년을 돌았구나
다리는 바다 건너 두루 다니며
양식을 골고루 흡입하였고
가슴은 풍만한 주체정신으로
끼니를 걸러도 배가 부를지니
천지天池 물이 맑다 한들
강냉이 앞에서 줄을 서야 할까
이밥에 고깃국이란 말이
추억이 된 남쪽 땅에서
백두대간 원시림은 파릇파릇
이른 비와 늦은 비로 자라고 있는 것인데
백두의 혈통 가까이에는
민둥산이 늘어만 가고,
선혈들을 잊었던 텃새들은
남쪽으로만 모여드네
가끔 왕들이 바뀌는 남쪽에선

든든한 기둥이 세워지니
혈맥이 조여진 척추 아래로
몰려드는 오색나비들
오랫동안 풀리지 않으면
천지 물을 마실 수 있을까
한 끼를 걸러서라도
대간의 아기들이 일어서야 할지니.

한국의 춤

난초이파리 선 그으며 나부끼는 날
하늬바람 입은 옷 헐렁하게 걸치고
파도를 타며 태극선을 그린다
몸을 엎어 팔을 허공에 뿌렸다 제치며
갈지자를 그린다
일어서는 여체를
취한 사내처럼 당겼다가 밀었다가
강을 건널 듯 말 듯 망설이던 몸,

흐르던 물결 위에 솟구쳐 오르며
시작과 끝이 용마루에서 교차하는
스러지지 않는 몸짓을
하늘에 홑씨처럼 풀어헤친다

맺힌 것이 많아 처음부터 끝까지
너울 되어 흘러가고 있는가
땅을 밟지 않고 지표 위에서
바람을 타고 있는가
한복 입은 여인 손으로 감싸며

합죽선* 들고 강가에 선 선비도
휘돌아 산을 움직이던 호걸도
너풀거리는 춤사위 안에
들어있는 가슴으로 키워졌다
저고리 속 젖을 물어본 사람들은
춤추는 억새 되어 백두대간에서
바람에 몸을 맡길지니
노름마치*는 혼으로 만들어지는 거
어아 어아 어허야 둥실,

* 합죽선 : 합죽선은 주로 한국에서 만들며, 접었을 때 한복 입은 여인의 모
  습을 닮았다.
* 노름마치 : 놀이를 마칠 때 마지막을 장식하는 최고의 춤꾼.

팜티호마 할머니

한국전쟁에서 공산치하를 아이 때 겪고
이웃 국가의 평화를 지켜주러
파병된 32만 용병들

어제는 다정한 이웃이었고
무동 태워주었던 아이들을
베트남 15개 마을에서
민간인 1,004명 학살시킨 맹호부대
청룡부대는 하미마을에서
135명의 주민을 죽였다
학살 상황의 세미한 내용은
한국 요청으로 가려진 위령비
2013년 타계한 팜티호마 할머니는
1968년 당시에 가족이 죽임을 당하고
본인은 수류탄 맞아 두 발목을 잃었다

과거의 원한은 내가 짊어지고 갈 거야
나 없이도 한국 친구들이 찾아오거든
잘 대해줘!
베트남 국민들은 친절했다.

빈목터널
— 북베트남 피난 동굴

폭격으로 땅굴을 파고 들어간 사람들
마을이 땅속으로 들어갔다
나가면 바다가 가까이 있고
나가면 삶은 아웃이다
햇볕에 빨래 널고 싶다
빨래할 물이 없다
아이들은 하늘 보며 바닷가 이끼를 만지며
까르르 깔깔 뛰어놀고 싶다
굴속에서 태어난 17명 아기들
광주리 안에서 자라던 아이들
모유 줄 어미는 무얼 먹었을까.

즐거운 낙관, 다중 콜라보

김 신 영(시인 · 문학박사)

한 시인의 수십 편의 시를 접하는 것은 그의 총체적인 인생 전체를 만나는 것이며, 그의 모든 시간을 만나는 것이다. 정현종 시인이 읊었듯이 그의 과거와 현재와 미래, 그 다난한 풍경을 만나는 시간이다.

시에 대한 즐거운 낙관주의자 괴테는 성당의 모자이크 창유리를 시에 비유하면서 그 의미를 시각적으로 묘사한 바 있다.[1] 그는 색색의 유리로 만들어진 성당의 스테인드글라스를 보면서 신비의 나라로 향하는 사람의 마음이 성스러운 분위기의 문양을 창조한다고 보았다. 스테인드글라스의 유리 문양은 '빛으로 쓴 경전'이라는 것이다. 아름다운 빛은 시에도 스며든다. 백석의 시처럼 정한 갈맷빛을 생각하는 것이다.

---

1) 요한 볼프강 폰 괴테, 전영애 옮김, 『괴테 시 전집』(민음사, 2009),

시는 사람들의 가슴 전반에 색색을 입히는 아름다운 경전이다. 사람들은 저마다 빛나는 스테인드글라스의 빛을 받아들이며 형형의 스펙트럼으로 난반사할 것이다. 시를 사랑했던 괴테만큼이나 일상에서 자신의 색을 입고 있는 시를 만난다.

이제 세상은 뽕나무밭이 변하여 바다가 되듯이 도저한 변화의 물결을 맞고 있다. 더욱이 사람들은 예전처럼 시를 그다지 환영하지 않는다. 그럼에도 시의 역사는 과거의 오랜 시간과 더불어 앞으로도 지속 가능한 유의미를 지니고 있다.

또한 앞으로도 시가 미래를 열어갈 정신적 지주인 것은 자명하다. 두렵고 슬픈 사람들의 가슴을 카타르시스로 이끌어 줄 것이 시이기 때문이다.

벽돌 폰이 스마트 폰으로 바뀌기 시작하면서 사회가 가벼워지는 현상에 박차가 더해졌다. 전 세계가 스마트폰으로 세대교체를 하고 있으며, 그로 인한 문화변동이 극심하여 사회의 커다란 흐름을 바꾸어 놓고 있다. 이에 벽돌 책이 가벼운 책으로 바뀌어 가고 있는 것은 물론이며 책이 얇아지고 가벼워지는 현상은 이미 오래전 일이다.

문명을 누리고 사는 것은 많은 것의 변화를 받아들이게 한다. 스마트 폰에 길들여지는 사람들은 이제 긴 문장으로 된 두꺼운 책을 선호하지 않는다. 또한 긴 시나 긴 에세이도 그다지 탐탁지 않다.

이와 더불어 시단에는 디카시 장르가 새로 생겼다. 이

전에는 없었던 것으로 시의 장르가 세분화한 것이다. 디지털카메라로 자연이나 사물에서 시적 형상을 포착하여 찍은 영상과 함께 문자로 표현한 디카시는 실시간으로 소통하는 디지털 시대의 새로운 문학 장르다. 언어예술이라는 기존 시의 범주를 확장하여 영상과 문자를 하나의 텍스트로 결합시켜 탄생한 멀티 언어 예술이다.

그러한 시대에 가벼운 존재의 의미와 이미지의 파편을 시로 쓴다는 것은 무엇일까? 가벼운 시가 대중적 인기를 끌면서 베스트셀러로 떠오르는 사회에서 단단하고 튼튼한 벽돌 같은 시를 지향하는 시인들은 목소리를 낮추고 있다. 벽돌 같은 철학을 담은 시들이 무너져 내리고 대중적인 시는 가벼운 옷을 입고 찬란한 액세서리를 하고 거리로 나섰다. 과연 시는 어떤 의미를 지니고 있는 것일까? 시인과 독자의 접점은 어디쯤 있어야 하는 것일까? 무겁고 가벼움의 사이에서 시인은 무엇을 써야 하는가는 의문부호로 남는다. 따라서 시인들의 궤적은 지난하다. 그럼에도 불구하고 자신의 날개를 다듬고 시의 층을 고르는 비단결 마음을 따라가 보려 한다.

1. 시어조탁으로 빛나는 '구름 물감'

첫 시집을 상재하는 함국환 시인의 힘 있고 명랑하며 품격있는 시를 만난다. 그의 시에 두드러지게 드러난 형식은 바로 괴테가 말한 즐거운 낙관이면서 또한 모자이크 창유리를 시라는 형식의 문자로 쓴 회화적 이미지다. 주체의 감각이 세계와 맞닥뜨려 생생한 접면을 이루는 지점, 그것이 함국환 시인이 만나는 시적인 모자이크의 세상이며 스테인드글라스인 다중 콜라보라고 할 것이다.

사람의 파토스를 담아내어 시를 쓰고 한 권의 종이책을 출판하는 것은 여러 의미를 갖고 있다. 그것은 시대에 뒤떨어진 돈키호테처럼 허황한 꿈을 꾸는 것이 아닐까 하는 우문을 던진다. 뒤처진 방법으로 시민을 옹호하고 시적 변론을 펼치며 살아가는 것은 아닐까 반추한다.

함 시인은 특히 디카시 쓰는 것을 즐기는 편이다. 시적 동기가 사진 속에 담겨 있다는 다소 인상주의적인 방법으로 시를 쓰는 것이다. 새로운 시인이 그려내는 시간의 주름을 따라가면서 그의 시가 현대적인 의미들과 접점을 이루고 있는 곳에서 시어를 조탁하는 조탁사를 발견하게 된다. 자타가 산꾼이라고 인정하는 등산가인 함 시인은 시에 산과 바다와 도토리와 버섯이 자주 등장한다. 그가 그린 생의 골이 있는 곳이다.

붉은 빛 두루마리를 벗어 던진다
펼쳐진 옷으로 덮히는 땅
빼꼼히 제치고 내다보면
초저녁 달이 찡긋 거린다

달은 점차 수박처럼 웃고
오름 많은 지구는 불콰해지고
달이 알몸 드러낼 때
어둠 속으로 빨려 들어가는 마을

빛이 있으라 이를 때
절반은 장막 아래 거하게 되고
막사 안 어두움을 움켜 짜니
동녘 뜰은 나비 가득한 꽃밭
해가 어둠 속에서 나왔다고
후세의 사가들이 기록한다

구름 물감 한 사발 번지지 않았어도
밤과 낮은 이삭의 아들이다.

- 「일몰」 전문

　의식의 눈으로 보기에도 지극히 아름다운 현상인 노을을 '붉은 빛 두루마리를 벗어 던지는 것'으로 표현하는 것은 이미지에 이미 내재된 세계라 할 수 있다. 볼 때마다 아름다운 세계인 노을을 새롭게 표현해야 한다는 당위를 갖는다고나 할까? 여기서 노을은 '붉은 빛 두루마리'라고 표현되고 있다. 두루마리[2]는 휴지처럼 둘둘 만

---

2) 두루마리는 무언가 적혀있는 파피루스, 양피지, 종이를 둘둘 만 것을 말한다. 스크롤(scroll) 또는 롤(roll)이라고도 하며 한자로는 권자본(卷子本)이라 일컫는다. 두루마리들이 상하지 않도록 한 장으로 길게 만든

좁고 긴 형태의 책을 의미한다. 고대에는 두루마리로 파피루스나 양피지에 글을 써서 보관하였다. 보관방법으로 두루마리가 용이하였다. 두루마리는 특히 경전을 필사할 때 많이 썼던 것으로 이집트에서 그 기원을 찾을 수가 있다. 이후에 1세기까지 주로 이스라엘 사람들이 경전을 필사하는 데 사용하였다. 폭이 좁고 옆으로 긴 형식으로 보다 많은 사료를 적는 데 사용하였다. 당시에는 두루마리가 책의 일반적인 형태였다.[3]

숭고한 정신을 지향하는 사람들의 눈에는 숭고한 것이 보인다. 함국환 시인은 아름다운 노을 속에서 신비의 경전을 읽는다. 경전은 '붉은 빛'을 가졌다. 선홍빛으로 자극적이며 선명하고 눈에 꽉 차는 화려한 빛이다. 빛이 경전이 되어 두루마리로 하늘에 가득하다. 아름다운 시간은 시인의 눈에 경전이 꽉 차 있는 하늘이 되어 나타나는 것이다. 또한 그 화려한 붉은 빛의 두루마리를 땅으로 던진다. 세상은 그 어느 때보다도 아름답게 변할 것이다.

점점 어둠이 찾아오고 시인은 '빼꼼히' 밖을 내다본다. 시인에게 찡긋 윙크하며 초서녁 달이 떠오르고 달은 시인의 마음처럼 수박으로 꽉 차올라 웃는다. 후세의 사가들이 기록하기를 해가 어둠 속에서 나왔다고 하였다. 후

양피지나 파피루스. 한쪽 면에 글을 써서 막대기에 둘둘 감아 보관했다. 주로 경전이 기록되고 필사되었다.
3) 다음백과 참조.

세의 사가들은 기록하기에 바쁘다. 변화무쌍한 천지가 아름다울 뿐 아니라 그 천변만화하는 세상을 언제 다 기록할 것인가? 이에 시인은 기록은 사가들에게 맡겨두고 시를 쓴다. '구름 물감 한 사발 번지지 않았어도'라는 표현 한마디로 사가들의 기록을 일갈한다. '밤과 낮은 이삭의 아들'이듯이 우리는 모두 밤과 낮의 자손이며 이삭의 자손이다.

2. 시베리아에 이르는 몽환적 질주와 녹둔도

함국환 시인은 언어를 조탁하는 시어 조탁사이다. '구름 물감 한 사발'이라든가 '붉은 빛 두루마리'라든가 시적인 언어를 살려 쓰고 있는 모습이 역력하다. 시어가 세련미를 더하고 있을 뿐 아니라 새롭다. 다음의 시에도 '차가운 정월이 해를 밀치고', '하얗게 반짝이는 얼음 속에서'라는 등의 표현이 등장한다.

차가운 정월이 해를 밀치고 누워있었다
갈색 풀로 덮인 선단리 개울에
화봉산 등 뒤에서 비집고 나온 보름달
S자를 그리며 휘돌아 치던 옛 이야기는
하얗게 반짝이는 얼음 속에서 꿈틀댔다

1976년 여기는 아이들의 낙원

열댓 명의 머루알 같은 눈동자에
대보름달 동글동글 비춰진 순간
벌판에 번지는 보름달의 손길
축복일세 축복일세 쓰다듬는 바람이 불 때
저마다의 소망을 일제히 던져 올렸고
하늘에서 떨어진 불들은 강풍에 업혀
마른 풀 밀치며 먼 곳으로 질주를 했다
지금은 은하수 꿈을 꿀 때
개울둑은 전광판 되어 3분 만에 마을을 밝혔고,

빠른 불을 밟고 뛰며 춤추던 아이들
솜눈이 포근하게 머리에 내려앉았고
서울역 앞 빌딩 사이로 들어오는 빛은
시베리아횡단 열차 꽁무니를 물었다

구름은 동심들을 제 몸처럼 안았고
시속 300km로 달리는 열차 차창
동녘에 어느덧 금강산이 펼쳐졌다
꿈이 이루어졌는지 은빛 철로 옆
자동차는 시속 150km로 서행을 하며
달려가는 열차 향해 손 흔들었다

태극기 곳곳에 펄럭이는 녹둔도공원
선상낚시 즐기는 두만강 하구
내려놨던 마음 올려놓고 연해주를 달렸다
햇볕이 발해 채취 뿌려주는 극동 바닷가

잠시 쉬며 이밥에 김치로 배를 채울 뿐
환승은 노우 식혜는 예스
거기까지 달려가 바이칼호 생각하는 건
상고 적에 이주 해 지층처럼 쌓인 생체의 DNA
사랑을 안고 여전히 질주를 했다
시베리아에 은하수 뿌려지고 있었다.

—「질주」 전문

「질주」는 포천 선단리 고향의 어린 시절을 회상하면서
300km로 질주하는 시베리아 횡단열차의 정경을 묘사하
고 있다. 그야말로 질주하는 것이다. 그 정도의 속도라
면 예전에는 상상할 수 없을 만큼 빠른 속도이다. 아주
빠르게 달리는 횡단열차에 있다 보면 저속으로 가는 것
은 느림보 거북이로 보인다.

시인의 현재는 시베리아 횡단열차로 질주하는 속도이
다. 그는 서두르지 않고 자신의 길을 전력 질주하며 가
는 중이다. 괴테는 '별처럼 서두르지 말고 하지만 쉬지
말고, 원대한 사고와 올바른 마음, 이것이야말로 우리가
신에게 구해야 할 것이다.'고 하였다. 놀라운 속도로 질
주하면서 함 시인은 유년시절 정월 보름에 달맞이로 소
원을 빌던, 쥐불놀이를 하며 불을 던져 올리던 시절을
떠올린다.

정월 대보름의 풍속을 보여주는 이 시에서 최고의 시
인 백석 시의 편린을 발견한다. 백석이 풍물시로 평안도

정주지방의 음식과 사회와 문화를 두루 보여 주었듯이 함 시인은 포천 지방의 유년이었던 1970년대를 드러내고 있는 것이다. 이어서 질주를 하여 다다른 곳이 우리 민족의 잊힌 역사의 땅 녹둔도다. 그곳은 지금 곳곳에 태극기가 날리고 있으며 선상낚시를 즐기는 폐구다. 다시 연해주를 이어서 달리고 극동의 바닷가를 달린다. 이윽고 바이칼호를 떠올리면서 아직도 달리고 있는 기차의 하늘에서는 시베리아의 은하수가 뿌려지고 있다.

녹둔도는 두만강의 하구에 위치한 삼각주로 우리 땅이었다. 열강의 강탈이 심하던 조선 말기에 러일전쟁으로 러시아로 넘어간다. 그보다 훨씬 이전에 이순신 장군의 녹둔도참변[4]을 살펴보면 세종 때 6진을 개척하면서 우리 땅이었던 곳이었다(세종실록지리지). 이를 1800년대에 홍수 등 점점 러시아 쪽으로 연륙화 되어가고 국력이 약해진 틈을 타서 1860년 북경조약으로 러시아 땅이 되어 오늘날까지 귀속 문제를 해결하지 못한 미수복 영토이다.

시인은 질주하면서도 한쪽으로 민족의 미수복 영토인 녹둔도를 눈여겨보면서 찾는다. 이는 나라를 사랑하는 시인의 애국지심이요, 국가에 대한 기본적인 예의이다. 시인의 역사의식과 애국심이 남다르다고 해야 할 것이

---

4) 녹둔도는 조선과 건주 여진의 국경 지대인 함경도 경흥부(慶興府)에 속해 있던 두만강 하구의 섬이다. 1430년대에 세종대왕이 6진을 개척한 이후 조선의 영토가 되었다.

다. 녹둔도는 최근에야 좀 알려진, 문외한인 사람들도 많은, 우리의 잊혀진 땅이기 때문이다.

이 시에서도 시어를 조탁하는 달변의 시어들이 등장한다. '하늘에서 떨어진 불들은 강풍에 업혀'라는 표현은 쥐불놀이를 하다가 날아간 불이 바람을 타고 날아가는 모습을 표현하고 있다. 또한 '마른 풀 밀치며 먼 곳으로 질주'하는 모습으로 형상화된다. 이로써 함시인은 새로운 언어를 부려 쓸 뿐만 아니라 시어를 조탁하여 풍경을 지극히 이상적이며 몽환적인 세계로 그려 넣고 있다.

아이들이 달리는 질주는 꿈을 향한 행동이며 이상을 키워가는 성장이다. 마을은 점점 변하여 가고 아이들도 성장한다. 이처럼 절정에 이르는 언어 조탁은 백석과 김영랑의 계보를 잇고 있다 하겠다. 우리말의 묘미를 살리고 부려 쓰는 것은 시인의 사명이다.

시의 여기저기에 등장하는 시베리아는 설음이 많은 곳이다. 화자는 그곳에서 질주하면서, 또한 지나가면서 흩뿌려지는 은하수를 만난다. 그것은 상고 적에 아주 오래 쌓인 생체의 DNA, 시인은 여전히 질주 중이다.

3. 마음을 읽어야 하는 토르소

토르소는 식물의 줄기를 가리키는 그리스어 '티르소스 thyrsos'에서 유래하였다. 불완전한 몸체만으로 미적 가치를 가질 수 있는가? 하는 논쟁을 거쳐 19세기 말에 일반화 되었으며, 그것만으로도 최고의 명성을 얻는 훌륭한 작품으로 인정되었다.

몸을 보며 표정을 읽어보세요
표정을 읽다보면 그 속에
깊숙이 숨어있는 마음이 보일 거에요
싸리나무 울타리로도 휘장으로도
가리지 않았어요. 언제나 당신께
보여줄 수 있어야 하니까요

팔이 어깨부터 필요 없지요
다리는 일부만 있어도 됩니다
어차피 걷지 않을 테니까
내 가슴에 손을 얹어 보세요
다 없어도 심장은 뛰고 있잖아요

그래서 머리를 얹지 말라고 했어요
모든 사람한테 내 마음
들키고 싶진 않아요
팔 다리 얼굴이 없어도
마음을 알아보는 당신
나를 사랑한다는 말을
믿고 싶어요. 그래요
아! 손가락이 없네요

그대의 마음을 느끼고 싶은데요
나는 손과 눈이 없으니
님을 사랑할 순 없군요
당신은 내게로 비를 내려주시는 데요.

- 「토르소」 전문

몸체만으로 구성되어 있기에 토르소에게는 얼굴이 없
다. 얼굴이 없으므로 표정 또한 없다. 그러므로 시인은
독자들에게 표정을 읽어보라고 요구하고 있다. 우리는
과연 토르소의 표정을 어떻게 읽어야 할 것인가?

이에 시인은 보란 듯이 표정을 읽기 시작한다. 토르소
의 표정에는 깊이 숨어 있는 마음이 있다고 말한다. 그
것은 '싸리나무 울타리로도 휘장으로도' 가리지 않은 것
이어서 읽기 쉬운 것이라고 시인은 말한다. 그렇게 아무
것으로도 가리지 않은 까닭은 언제나 당신께 보여줄 수
있어야 하기 때문이라고 그럴듯한 대답을 한다. 그것은
몸의 얼굴인 것이다. 여기에서 시인은 얼굴에만 표정이
있는 것이 아니라고 한다. 표정은 몸체인 토르소에서도
얼마든지 읽을 수 있다는 것이며 더 나아가 오히려 아무
것도 가리지 않았기에 명확하게 읽기 쉽다는 것이라 역
설한다.

팔은 아예 어깨부터 없으며, 어차피 걷지 않을 다리는
일부만 있다. 그래도 심장이 뛰고 있다고 말한다. 또한
마음을 들키지 않으려고 머리를 얹지 말라고 했다는 것

은 가장 깊은 곳인 무의식의 심해를 보여주고 싶지 않다는 항변이다.

그러나 당신은 그런 토르소의 마음을 알아본다. 팔다리 없어도 알아본다. 그러므로 사랑한다는 말을 믿을 수 있다. 한계라면 손가락이 없어 당신의 마음을 느낄 수가 없다는 것뿐. 그것은 당신은 나를 사랑할 수 있으나 나는 당신을 사랑할 수 없다는 단절을 낳는다. 그리하여 나의 단절은 심해를 유영할 수밖에 없는 처지가 된다. 그럼에도 불구하고 당신은 내게도 비를 내려준다. 내가 사랑하지 못하여도 사랑을 베풀어 주는 당신의 절대적인 사랑, 시인은 불완전하면서도 훌륭한 예술품인 토르소를 통하여 절대의 사랑을 만나고 있다.

어머니 얼굴 볼 때 창이 열린다
사진 속으로 들어간다
삐그덕 두 번째 창 열리면
논으로 둘러싸인 마을에
길 잃은 누런 볏단
세 번째 창 씨이익 열리고
비 내리면 올라가던 왕방산
꾀꼬리버섯, 오이꽃버섯, 버섯찌개 향
가득한 산기슭 마을에서
구멍이 슝 슝 뚫린 보로코 찍는다
보로코 마당에 가득 널다가
속으로 아버지 막걸리 붓고 집을 나선다

어머니 가슴이 뚫린다
가슴을 메우려 채송화 심는다
심고 허리 펴니 얼굴에 핀 꽃
세숫대야 속 얼굴 보며 시를 짓는다
(중략)
긴 굴속으로 포천막걸리 들어간다.

－「사진」 부분

　사진은 과거의 산물이다. 과거의 어떤 모습이 정지해 있는 시간이다. 그 시간을 들여다보고 있으면 누구나 그 안으로 들어가 향수를 느낀다. 시인도 오래된 사진을 보면서 여러 개의 창이 열리며 과거의 시간 안으로 들어간다.

　가장 먼저 보이는 것은 어머니이다. 논으로 둘러싸인 마을에 '길 잃은 누런 볏단'이 있고 다시 창이 열리면, 즉 다른 사진을 보면 왕방산이 있고 버섯들이 가득하다. 그 마을 기슭에서 구멍이 뚫린 벽돌을 찍는다. 옛 시간에 보로코집이었던 마당 가득 벽돌이 있는 정경이 눈에 들어온다.

　어머니는 뚫린 가슴 메우려고 채송화를 심는다. 어머니 얼굴에는 어느새 꽃이 피어난다. 어머니는 세숫대야 속 얼굴을 시로 짓는다. 그것은 간난 속에 세상을 짊어진 어머니를 기억하는 시인의 말이다.

찐빵장사가 군인에게 물었다
고향이 어디예요?
충청남도 서천이에유
아주머니 고향은 어딘감유?
나도 서천이예요
서천에는 천석꾼 전대감 댁이 있는데 아시남유?
여인은 아무 말도 하지 못하고
눈물이 마룻바닥을 튀겼다

독립자금으로 집을 판
중추원의관 전동환 씨 손녀의 손가락은
반죽할 때 툭 툭 불거져 있었다.
　　　　　　　－「서천 고룡골 전대감 댁 둘째 딸」 전문

　추억의 음식이면서 명품이 된 찐빵, 예전에 찐빵을 팔
던 소시민이 있었다. 그는 포천에서 찐빵 맛으로 이름을
날리던 여인이었다. 그에게는 고향이 서천이다. 먼 타향
에서 찐빵을 파는 아주머니에게 군인이 묻는 말로 시작
되는 이 시에는 아픈 개인사일 뿐만 아니라 민족의 고통
인 민족사가 들어 있다.
　천석꾼이었던 전대감 가문의 따님, 손가락이 반죽할
때마다 툭툭 불거지는 그는 독립운동가의 후손이다. 외
롭고 힘든 독립운동으로 집안은 풍비박산이 나고야 말
았던 전말을 고한다. 타향에서 고향 서천사람을 만나고

그의 물음에 대답을 다 하지 못하고 목이 멘다.

독립운동을 하면서 전 재산을 내어놓은 애국자 집안이었으나 독립운동가로 인정받지도 못하여 서러운 세월을 살고 있는 어머니, '아무 말도 못 하고 마룻바닥에 눈물을 튀기는' 위대한 후손을 만난다. 국가가 알아주지 않았으나 자신의 삶을 의연하게 살아내고 있는 어머니는 그 근방에서는 알아주는 찐빵 장수가 되어 있다. 지금 포천에는 전대감도, 그 자손 둘째 딸도, 찐빵을 사 먹는 군인도 함께하는 정겨운 풍경이 있는 곳이다.

4. 타슈켄트에서 만난 삽자루 하나

함국환 시인은 하늘과 산을 유달리 사랑하는 시인이다. 시에 하늘과 산에 관련된 표현이 많이 등장하는 까닭이다. 위의 시에서도 역시 하늘이 등장한다. 비행기를 타고 타슈켄트로 날아가는 것이다. 아득한 공간 아래로 보이는 타클라마칸 사막을 보면서 온갖 역사적인 사건을 떠올린다. 특히 군마, 낙타들이 등장한다.

오후 5시, 지난 시절을 얼레로 감으며
두 팔 펼쳐 서역으로 날아갔다
아득한 공간 아래로 보이는
동서를 연결했던 타클라마칸 사막

땀 흘리며 달렸을 군마
시간을 마시며 걸었을 낙타들
그들의 비릿하고 묵은 발자국이
날개 아래에서 예닐곱 떠올랐다
꼬리가 구름을 수직으로 가를 때
기체 안으로 흡입된 몽실몽실한 끼니
먹고 나면 어디쯤 도달할까
지나간 모든 걸 품에 안고 가기에는
가늘어진 다리와 얇은 날개
프테라노돈 타고 하늘 올라 저녁이 되는
서쪽으로 한참을 날아가도
머리 물들이던 해는 앞에 있었다
하늘에 닿아 능소화 빛 얼굴 되면
담장 밖 사랑 잊게 될까? 초승달 뜨면
기억이 살아나는 비행기 안으로
모래 밟았던 발들 움츠리며 스며들고
우즈베키스탄에서 접힐 날개에
양떼구름 꼬물꼬물 매달려 나부꼈다
어두워져 수놓아진 별꽃을 보며
일곱 시간 날갯짓해 도착한 타슈켄트
손목시계는 자정, 벽시계는 저녁 8시

할아버지를 잊지 못하는 까레이스키 3세
숯내로 끌어당긴 여인의 식당 벽에
삽 하나로 일궈낸 논이 걸려 있었다.
                              ─「타슈켄트 가는 길」 전문

타슈켄트로 가는 길은 시인의 유년부터 현재에 이르는 시간을 아우르는 곳이다. 어린 시절의 시간을 얼레로 감으며 서역으로 날아간 시인은 비행기 아래로 아득하게 보이는 사막을 바라본다. 그곳은 역사적인 공간이 되어 시인의 눈앞에 군마가 되어 나타나고, '시간을 마시는 낙타'가 된다. 군마나 낙타의 비릿한 발자국이 지속되고 비행기는 계속 서역으로 날아간다.

'꼬리가 구름을 수직으로 가를 때'까지 날아가고 비행기는 프테라노돈이 되어 하늘을 유영한다. 이윽고 하늘은 노을빛으로 물들고 저녁이 되고 초승달이 뜬다. 비행기는 우즈베키스탄에 이르고 구름이 꼬리에 매달린다. '별꽃'이 보이고 할아버지를 잊지 못하는 까레이스키 3세는 삽 하나로 일궈낸 논을 식당 벽에 걸어 놓았다.

일제강점기에 연해주 일대에 살던 한국인들을 강제 이주시켜 우즈베키스탄에 정착한 사람들, 할아버지 할머니 세대의 기억으로 한국인임을 알 수 있는 희미해진 기억 속에 아직도 벽에 삽자루 하나를 걸어 놓고 있다. 조국을 잊지 않았다는 것이며 우리의 후손이라는 증표다. 영문도 모르고 몇 달씩 횡단 열차를 타고 오지에 내려서도 민족정신을 잃지 않고 살아온 까레이스키, 민족의 위대한 후손이 이역에서 의연하게 한국인 3세임을 온몸으로 증명하면서 살아내고 있는 상황을 그리고 있다.

이상 살펴본 함국환의 시는 다중 콜라보이다. 그의 시

에는 언어를 조탁한 격조 높은 이미지가 들어있으며, 산과 하늘과 민족과 역사가 많이 등장한다. 또한 거칠게 성장해온 역사와 더불어 험난한 곳에서 성장하는 식물과 그 지형에 사는 동물처럼 강인한 인식을 그리고 있는 것이 함국환 시의 특징이다.

이제 그의 시에서 진일보한 면을 다시 보고 싶다. 이후에는 어떠한 여정으로 시를 표현할 것인지, 행보가 궁금하다.